Je ne veux pas aller au lit !

aller au lit !

Tony Ross

GALLIMARD JEUNESSE

— Pourquoi faut-il que j'aille au lit alors
que je ne suis pas fatiguée, et que je me lève
quand je le suis ? disait la petite princesse.

— Je ne VEUX pas aller au lit !

— C'est bon pour toi, dit le docteur en la portant dans sa chambre. Et c'est encore mieux de dormir.

Mais la petite princesse redescendit immédiatement.
— JE NE VEUX PAS ALLER AU LIT !

— JE VEUX UN VERRE D'EAU !

— Tiens, voilà, dit la reine. Et maintenant, dodo.

— PAPAAAAAAAA !

— Tu ne veux pas un deuxième verre d'eau ? demanda le roi.

— Non, répondit la petite princesse, c'est Nounours qui en veut un.

— Bonne nuit, dit le roi. Dodo, maintenant, Nounours.

— Ne pars pas ! dit la petite princesse. Il y a un monstre dans la penderie.

— Les monstres n'existent pas, et il n'y en a pas dans la penderie, dit le roi en fermant la porte de la chambre.

— Papa ! cria la petite princesse.

— Qu'y a-t-il encore ? demanda le roi. Ne me dis pas que tu as encore peur des monstres !

— Bien sûr que non, répondit la petite princesse. C'est Nounours. Il dit qu'il y en a un sous le lit.

— Non, il n'y en a pas, dit le roi en quittant la chambre sur la pointe des pieds. Les monstres n'existent pas.

3

— Arrêtez-la ! hurla la reine. Elle s'est échappée.

— JE NE VEUX PAS ALLER AU LIT ! dit la petite princesse.

— Pourquoi ? demanda la reine.

— Il y a une araignée au-dessus de mon lit...
Avec des pattes poilues.

— Les jambes de papa sont poilues aussi, et il n'est pas méchant, dit la reine.

Finalement, la petite princesse se mit au lit.

Plus tard, quand le roi entra pour lui dire bonsoir, son lit était vide.

4

Tout le monde se mit à sa recherche...

... inspectant tout de fond en comble, jusqu'à ce que...

— La voilà ! s'écria la gouvernante. Elle protège Nounours et le chat des araignées et des monstres.

Le lendemain matin, la petite princesse se leva en bâillant à se décrocher la mâchoire.

— Je suis fatiguée, dit-elle...

Je veux aller au lit.

Tony Ross

Avez-vous toujours été auteur-illustrateur ?
Non, je n'ai pas toujours été écrivain.
J'ai commencé par être bébé. Puis, j'ai
appris à écrire et j'ai juste continué.
Bien sûr, j'ai fait d'autres choses, comme
travailler dans la publicité ou enseigner
le dessin.

Combien de livres avez-vous publiés ?
Je n'ai jamais compté. Je *pense* en avoir
écrit plus d'une centaine et illustré plus
d'un millier.

Faire rire, c'est essentiel pour vous ?
Oui, c'est essentiel. Chaque histoire doit
transmettre une émotion, que ce soit
de l'humour, de la peur ou de l'amour.
J'aime l'humour, mais c'est ce qu'il y
a de plus dur à écrire ! J'aime aussi
dessiner des choses amusantes.

**Qu'est-ce qui vous a inspiré
cette histoire?**
Toutes les histoires de la petite princesse
sont inspirées de la vie de tous les jours,
de souvenirs de mon enfance ou de mes
enfants.

**Est-ce que l'heure d'aller au lit
quand vous étiez enfant est un mauvais
souvenir pour vous?**
Oui, je détestais aller me coucher, surtout
en été, quand il faisait encore jour et que
j'entendais des gens, plus âgés que moi,
s'amuser dehors. Je me demandais aussi
POURQUOI il fallait que j'aille au lit alors
que je ne me sentais pas fatigué, et que je
me lève le matin, alors que je serais bien
resté au lit…

**Qu'aimez-vous faire pendant
votre temps libre?**
Lorsque j'ai du temps libre… j'aime
imaginer mon prochain livre! Ce serait
bien aussi de voyager, partir au soleil
pour nager. L'Angleterre n'est pas le pays
idéal pour ça! J'aime également tout
simplement passer du temps avec des amis.

→ | je commence à lire

Pour les jeunes apprentis lecteurs
Niveau 1

n° 1 *Armeline Fourchedrue*
par Quentin Blake

n° 2 *Je veux de la lumière !*
par Tony Ross

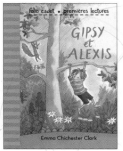

n° 3 *Le garçon qui criait :
«Au loup !»*
par Tony Ross

n°4 *Gipsy et Alexis*
par Emma Chichester Clark

n° 5 *Les Bizardos rêvent
de dinosaures* par Allan
Ahlberg et André Amstutz

n° 11 *Je veux une petite sœur !* par Tony Ross

n° 12 *C'est trop injuste !* par Anita Harper et Susan Hellard

n° 16 *Lave-toi les mains !* par Tony Ross

n° 20 *Crapaud* par Ruth Brown

n° 23 *Les Bizardos* par Janet et Allan Ahlberg

n° 24 *Je ne veux pas aller au lit !* par Tony Ross

n° 25 *Bonne nuit, petit dinosaure !* par Jane Yolen et Mark Teague

n° 27 *Meg et la momie* par Helen Nicoll et Jan Pieńkowski

n° 28 *But !* par Colin McNaughton

→ **je lis tout seul**

Pour les jeunes apprentis lecteurs
Niveau 2

n° 9 *Timioche*
par Julia Donaldson
et Axel Scheffler

n° 10 *La pantoufle écossaise*
par Janine Teisson
et Clément Devaux

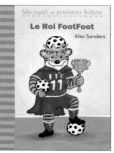

n° 13 *Le monstre poilu* par
Henriette Bichonnier et Pef

n° 21 *Le Roi FootFoot*
par Alex Sanders

n°22 *La Reine RoseRose*
par Alex Sanders

n° 26 *Le voleur de gommes*
par Alexia Delrieu
et Henri Fellner

n° 29 *Le chapeau
de l'épouvantail*
par Ken Brown

n° 30 *Pincemi, Pincemoi
et la sorcière* par Henriette
Bichonnier et Pef